霧島 葵 詩集

小鳥のように

絵　葉 祥明

銀の鈴社

目次

I

II

I

小鳥のように

ただ春が来たのが嬉《うれ》しくて　さえずっているだけ
君の窓辺で可愛らしく鳴く　小鳥のように
季節の幸福を　そっと告げ知らせたい

僕の住まいは白いアパートの一階にあって
庭にはサクラソウやハハコグサ
クリサンセマム・ノースポールが咲いている

住まいから十分ほど歩くと大きな公園があって
池ではカルガモが悠然《ゆうぜん》と泳ぎ回《まわ》り
水辺では暢気《のんき》なカメがくつろいでいる

日当たりの良いベンチでミルクティーを飲んでいたら
木の上のウグイスが上品に鳴き
「お花たちをご覧よ」と教えてくれた

チューリップ　タンポポ　ナズナ　オオイヌノフグリ
それぞれに幸せそうに咲いている
園内を散歩すると　若葉色に変わり始めたソメイヨシノ
そして　これから満開を迎えるボタンザクラがきれいだった

一ヶ月前に訪れたときはまだ裸同然だった落葉樹たちは
明るい黄緑色の若葉を身に纏《まと》い　生命力に溢《あふ》れていた
もはや確実に冬は終わった
これからは誰もが伸びやかに語り　描き　奏《かな》でるだろう

この川を

この川を
のんびり下ってゆくと
どんな街が
待ち構《かま》えているのだろうか

僕にはうっすらと見える

それは穏やかな街
貧しくとも　ゆとり多い
詩人が詩人でいられる街

この川を

せかせか下ってゆくと
どんな街が
待ち構えているのだろうか

僕にはうっすらと見える

それは忙しい街
スケジュールがぎっしりの
高収入を得られる街

この川はけっして悪い川ではない
この川と僕は許しあってゆける
この川は大海へと通じている
この川を真面目に進んでゆこう

詩の森にて

さらさらと流れる琴の　夢心地
聞こえているなら　お友達
聞こえないなら　ただの人
ゆらゆらと揺れる蝋燭《ろうそく》　お月様
見守るあなたは　お友達
見捨てたあなたは　ただの人

こんこんと涌《わ》き出る泉の　清らかさ
迷わず飲むなら　芸術家
気付かず行くなら　ただの人

気付き

誰が許しているのか分かった朝だ
毎夜　毎夜の悪夢さえ
連夜　連夜の憎悪《ぞうお》さえ
朝が許してくれるのだ

もし朝が来なかったらと考えたならゾッとする

初夏の詩

人にも街にも草木にも
初夏は平等に訪れる
太陽が微笑《ほほえ》む
窓を開ければ爽《さわ》やかな風を吸うことができ
半袖を着れば初夏を実感することができる
僕は大事なものを傷付けてしまったけれど
初夏に癒《いや》されている

人にも街にも草木にも
初夏は平等に訪れる

コスモス畑

広大な
コスモス畑の小道を歩いた
空は青くて
太陽は優しかった
僕はまだ若い
両側にはコスモス
独りぼっちで歩いたけれど
不思議と寂しくなかった
でもいつか

誰かを誘ってまた来たい
広大な
コスモス畑の小道を歩いた

たくさんと　たった一つ

もしも　けしきが　さびしいならば
かわいいものを　たくさん　つくろう
たくさん　つくっても　足りなかったら
もっと　たくさん　たくさん　たくさん　つくろう

もしも　通りが　さびしいならば
すてきなものを　たくさん　つくろう
たくさん　たくさん　たくさん　つくっても　まだ足りないならば
もっと　たくさん　たくさん　たくさん　つくろう

もしも　笑顔が　さびしいならば
きれいなものを　たくさん　つくろう

たくさんの　きれいなものが
世の汚《けが》れを打ち負かすくらい　たくさん　つくろう

そして　かわいいものと
すてきなものと
きれいなものが
世界中で一番　貧乏な人に届けられるまで
僕たちは　良いものを　たくさん　つくろう

そして　たった一つのものを見つけよう

たった一つで　じゅうぶん　にぎやかなもの
たった一つで　なにより　大切なもの
たった一つで　頼りなく　うつくしいもの
たった一つで　永遠に残ってくれるもの

たった一つで　つよくて　よわいもの
そういう　たった一つが　喪《うしな》われないように
わたしたちは　祈るほかない

まず第一に　この詩がまもる
第二に　真の芸術家たちの結晶がまもる
第三に　世界中の神様や仏様がまもる

たった一つのものは
たった一つしかないんだけれど
だれにも　奪《うば》えないものだよ

どうかご安心くださいね

僕の空は拡がってゆく

僕の空は拡がってゆく
宇宙の無限を突き破り
ときどき不安になるくらい巨大に
僕の空は拡がってゆく
雷《かみなり》びかりを追い越して
追いつけないくらいの凄い速さ

僕は僕の空を吸って膨《ふく》らみたい
僕はそいつを追いかける
そいつは僕を置き去りにする
(冷たい汗と笑いのオペラ)
追い疲れたら　歌を歌うんだ

ほんのちょっとの輝きでも

速く歩いている人間には
座っている人間の気持ちが分からないかもしれない
座っている人間には
速く歩いている人間の気持ちが分からないかもしれない
速く歩くには速く歩くだけの意味があり
座っているには座っているだけの価値がある

人間は　寝たり　起きたり　歩いたり　食べたり
トイレに行ったり　テレビを見たり　学校に行ったり
仕事をしたり　家事をしたり　ぼんやり喫茶店で過ごしたり
公園の木々を眺めながらデートをしたりしながら生きてゆくが
それは各人の自由である

しかし一つだけやめられないことがある
それは　死んだり生きたりを繰り返すということだ

われわれは無力だが　死んだり生きたりしながら
ほんのちょっとでも輝けばよいのだ
ほんのちょっと輝くだけでも
素晴らしい目の良い神様が気付いて微笑んでくださる

それでいいのだ

祝福に限界なく不幸に永続はない

祝福とは造物主がつくった光のことをいう
この光にはどこまでという限界はない
無限の無を
どこまでもどこまでも照らし続けている
人はそのことに気付く必要がある
祝福に限界を設《もう》けてはならない

そして不幸
不幸とは一時的に光が届かぬ状態に置かれることをいう
人は嘆《なげ》き悲しみ
希望を失いそうになるが絶望してはならない
黒雲が月光を遮《さえぎ》り続けることができないように

不幸に永続はないのである

春風駘蕩《しゅんぷうたいとう》と

いまは苦しんでいない
まもられている
時々ゆるされて
花壇の前をあるく
風を感じる

いまは焦っていない
あきらめている
時々思いついて
人の姿を思い描く
瞬間を想う

微笑《びしょう》だけがすべてを救うように感じる
微笑だけがすべてを愛するように思う

美の本質

行き詰まり　蹲《うずくま》っている者に
再生のきっかけを与えることが
美の本質である

Ⅱ

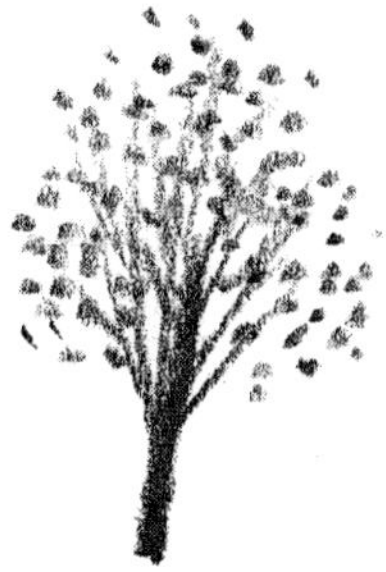

あなたを愛する

あなたを愛するということは
あなたのすべてを愛するということだ
あなたを生んでくださった人
あなたを育ててくださった人
あなたのおばあさん
あなたのおじいさん
あなたのご先祖さま
あなたの親友
あなたの職場の仲間
あなたの恩師
あなたの憧れの人
あなたが尊敬する人

あなたの思い出の人
あなたにとって大事な人

あなたを愛するということは
あなたのすべてを愛するということだ
赤ん坊だったあなた
子どもだったあなた
少女だったあなた
十七才のあなた
はたちのあなた
大人になったあなた
努力したあなた
幸運に恵まれたあなた
つらい思いをしたあなた
人と出会ったあなた

人と別れたあなた

あなたを愛するということは
あなたのすべてを愛するということだ
あなたの夢
あなたの現状
あなたの好きな花
あなたのお気に入りの服
あなたと二人で食べる料理
あなたと二人で飲む飲み物
あなたの趣味
あなたの好きな音楽
あなたにとって大切な映画
あなたにとって大切な本
あなたにとって大切な動物

あなたが大事にしている考え方
あなたのリラックスタイム
あなたの髪　顔立ち　カラダ　手や脚
あなたの爪
あなたの香り

あなたを愛するということは
あなたという宇宙をすべて愛するということだ
そして私は
私という宇宙をすべてあなたに捧げる

あなたと私は手をつなぎ
二人で
孤独な魂を癒《いや》すため
ともに

夢を育てる

今夜　君の心に生を得た
小さい夢を育てたい
なるべく毎晩　耳あてて
会える日を一緒に待ちたい

今夜　二人で考えた
小さい夢を育てたい
スケッチブックに君が描き
真っ白い本に僕が書く

夢が病気にならないように
夢が落ちこまないように

夢が人の愛を疑わないように
夢がどんどん膨《ふく》らむように
昼夜を問わず　気をつけて
小さい夢を育てよう

小さい夢も　やがて　もう少し大きくなるだろう
そうして自ら　君を呼び
僕を頼りにするだろう
小さい夢も　やがて　もう少し賢《かしこ》くなるだろう
火遊びをすると危ないとか
うがいしないと風邪を引くとか
自分で気をつけ始めるだろう
小さい夢も　やがて　美しく成長するだろう
君や僕が服装に手抜きをすると

一緒に街を歩いてくれなくなるかも
小さい夢も　やがて　頼もしく成長するだろう
君が疲れているときに
荷物を運んでくれるかも

小さい夢も　いつかは立派になるだろう
そのとき君と僕が心がけるべきことは
夢に叱られないようにすることだ
君がいつまでも大事にすれば
君の夢は　挫《くじ》けるたびに必ず立ち上がるだろう

今夜みたいな澄んだ目で
君がまぶしく夢を見上げる
その日まで
一生懸命　手伝うよ

星のふうふ

わたしたちは星のふうふ
あなたたちが生まれたときから
ずっと見守っている

あなたたちが小さかったころ
どんな夢を見ていたかも
あなたたちが　どんなことに
悲しむかも
あなたたちが　毎日　毎日
がんばっていることも
あなたたちが　どうしたら
ずっと仲良くいられるかも

知っている
わたしたちは星のふうふ
昼も夜も　遠くで光っている

お母さんの詩

お母さん
お母さんは　ほっぺたも
肩も背中も　まるいね

お母さん
お母さんは頑固《がんこ》じゃないね
まるでお萩《はぎ》みたいに　まるいね

お母さんに苦労と心配ばかりかけて
僕は駄目《だめ》な人間だね

でも　お母さんの子どもだから
いつの日にか　まるくなると思うよ

まわりの人を慈《いつく》しんで
近くの人を愛して
まるい人になると思うよ！

お父さんへ

お父さん
お父さんは
まだお父さんじゃなかった頃に社会人として勤め始めた
そのときから
何度　死ぬ思いを味わったことだろう
どれだけ　歯を食い縛《しば》って頑張ったことだろう
途方に暮れるような思いで歩いたことだろう
そのすべてを乗り越えて
あなたは今日も働いている

お父さん
今年も「勤労感謝の日」が来ますね
来春で定年だから
多分　最後の勤労感謝
いままで
今日も
あと少し
どうもありがとうございます
言葉だけで申し訳ありませんが・・・！

春の海

三月の　よく晴れた朝
独り暮らしの僕は早起きして待っていた
すると　六十六歳の父と六十四歳の母が
銀色のクルマに乗って迎えに来た
三人の行く先はビーチ
「春の海を見よう」
というのが父から前日に届いたメールの内容だった
行く途中の店で簡易《かんい》な写真機を買った
そして高速道路を走ってホテルのある海岸に着いた
父と母と僕は誰もいない砂浜で
おにぎりや野菜や肉や卵焼きを食べた
眼前には曲線を描いて広がる太平洋

見上げれば雲一つない青空
空の色を海が反射して
両者は殆《ほとん》ど同じ色だった
僕は写真機で父母の姿を撮った
父母は三十三歳でいまだ独身の僕の姿を撮った
それからホテルでコーヒーを飲み　土産物《みやげもの》を買ってから
クルマで移動して僕のアパートに戻り　父母と別れた
白髪頭《しらがあたま》の父も病気を抱え通院中の母もまだ若さが残っていて
前日に突然思い付いた日帰り旅行を僕と一緒に楽しんだ
毎日が快晴という訳ではない三月の天気だけれど
この日はよく晴れて　自然も人も優しかった

真っ白いダイニングテーブル

お母さん
僕は今　けっして不幸じゃありません
あなたが僕の為《ため》にしてくださった様々な親切のお陰で
希望あふれる部屋で暮らしています

僕の住まいには真っ白いダイニングテーブルと
真っ白い椅子が二脚あります
お母さんが買ってくれたものです
その椅子に腰掛け
美しいクラシック音楽を聴きながら毎日食事をします
すると独《ひと》りの食事でも　けっして侘《わ》びしくありません
明るい未来への予感を確かに感じることが出来ます

僕の住まいには小さな庭があり
その片隅《かたすみ》にはこの春
クリサンセマム・ノースポールという花が咲きました
毎朝　雨戸を開けるとその可愛い花が微笑《ほほえ》んでくれます

僕はパソコンの勉強に疲れると絵本や詩集を捲《めく》ります
ロマンチックな絵や生気に満ちた言葉が僕を励ましてくれます
僕の生活は今　非常に静かだけれど充実しています
後から振り返ったとき　きっと
素晴らしい良き時間だったと思うに違いありません

こんな生活をプレゼントしてくださったお父さん　お母さんに
心から感謝しています
どうもありがとうございます

そして　いつまでも仲良く
元気で僕を見守っていてください

君がおばあさんになる日が来たら

君がおばあさんになる日が来たら
僕は君を愛するおじいさん
君がおばあさんになる日が来たら
お祝いに二人で写真を撮ろう

君がおばあさんになる日が来たら
僕は君の太陽
君がおばあさんになる日が来たら
君の為に日溜《だ》まりを作ろう

君がおばあさんになる日が来たら
僕は君の杖《つえ》

君がおばあさんになる日が来たら
僕を頼りに歩いておくれ

君がおばあさんになる日が来たら
僕は君の本
君がおばあさんになる日が来たら
君を幸福な想像へ導く

君がおばあさんになる日が来たら
僕は君のスプーン
君がおばあさんになる日が来たら
おいしいものを君の口へ運ぶ

君がおばあさんになる日が来たら
僕は君の肌掛《はだか》け

君がおばあさんになる日が来たら
一年中　君のからだを包む

君がおばあさんになる日が来たら
僕は君だけのお守り
けっして君を独《ひと》りぼっちにはしない
終わりのない愛で君を守る

君を撮りたい

二人で過ごす一瞬《しゅん》　一瞬
すべてがこの上もなく大切だから
数え切れないくらい　たくさんの
君を撮りたい

美しいピアノの調べを聴きながら
澄まし顔をする君
お気に入りの服を身に纏い
微笑する君
真っ白い木の椅子に腰掛けながら
真剣な眼差《まなざ》しで僕を見つめる君
恥ずかしいのを必死で堪《た》えながら

両手を後ろで組んで背筋《せすじ》を伸ばす君

君こそが僕の憧れのおおもとだから
君のすべての表情を撮りたい
そして時にはセルフタイマー機能を使って
可憐《かれん》な君の世界に僕も飛び入りして
二人の写真を撮りたい

写真は二人だけの宝物にしたい
少しずつ歳を重ねてゆく二人の
終わらない物語の証拠にしたい

ずっと一緒にいよう

離れ離れで寂しかった
辛かった
苦しかった

でも　これからは違う
ずっと一緒にいよう

病めるときも
健《すこ》やかなるときも
貧しいときも
富めるときも

家族や仲間が増えても
家族や仲間が減っても

同じ布団で寝ているときも
違う職場で働いているときも
仕事が忙しいときも
暇《ひま》を持て余しているときも

ずっと一緒にいよう

生きているときは勿論《もちろん》
死んでしまった後も
僕は君に憧《あこが》れ続け
君は僕を慕《した》い続ける

ずっと一緒にいよう
何度　生まれ変わっても
どんなことがあっても

愛してる

僕は君を愛してるよ
世界中の誰よりも強く　深く　真剣に

春　君が僕に微笑《ほほえ》む
僕の生命は燃え上がり　優しい太陽になる

夏　君と僕は口づけをする
そして　言葉と知恵と想い出が生まれる

秋　君と僕は歩く
コスモスは二人を包み　こよなく慈《いつく》しんでくれる

冬　君は僕に頼《たよ》る
僕は君を抱きしめ　熱《あつ》い血潮《ちしお》で君を温《あたた》める
君は僕を愛してるよ
歌姫が歌を愛するより　もっと切実に

もう少しゆけば

もう少しゆけば
幸せのベンチがきっとある
もう少しゆけば
幸せの花壇がきっとある
もう少しゆけば
幸せの噴水がきっとある
もう少しがんばれば
幸せの家が見えてくる

がんばろう！

あとがき

十五歳のとき、詩を書き始めた私は、十七歳にして「誰が何と言おうと僕は詩人だ。詩とともに生きよう。」と決意しました。二十歳のとき、作詞家の安井かずみ先生（故人）や作曲家の加藤和彦先生、詩人の高橋睦郎先生らとの出会いがあり、この思いはますます強く確かなものになりました。以後はアルバイトをしながら詩を書き続け、二十六歳のとき詩人で画家で絵本作家の葉祥明先生と出会い、詩人として認めていただきました。

その後、この詩集が出版されるまで十年余の歳月が流れました。「小鳥のように」の出版時現在、霧島　葵は三十六歳であります。頭にはちらほら白髪が散見されるようになりました。

この詩集の出版にあたり、多大なる応援をしてくださった葉祥明先生、銀の鈴社の西野真由美さん、両親等、多くの皆様に、心から感謝申し上げます。

二〇〇九年一月二日

霧　島　　葵

略歴
霧島《きりしま》　葵《あおい》
一九七二年六月
千葉市に生まれる
（本名・進藤《しんどう》　元《はじめ》）
詩人

霧島　葵詩集―小鳥のように
銀鈴ポエム叢書
二〇〇九年三月一〇日　初版発行
定価：本体一、五〇〇円＋税
著　者　霧島　葵 ©
装　画　葉　祥明 ©
発行者　柴崎聡・西野真由美
発行所　銀の鈴社
〒104-0061　東京都中央区銀座1-21-7
4F
TEL 03-5524-5606　FAX 03-5524-5607
http://www.ginsuzu.com
NDC 911
ISBN 978-4-87786-373-9 C0095

印　刷　電算印刷／製　本　渋谷文泉閣